22

De paseo por la selva

Barefoot Books
2067 Massachusetts Ave
Cambridge, MA 02140

Traducción del inglés: Raquel Ugalde

Diseño gráfico: Tom Grzelinski, Bath, Reino Unido

Impreso en papel 100% libre de ácido

De paseo por la selva

Ilustrado por Debbie Harter

Barefoot Books
Celebrating Art and Story

De paseo por la selva,
de paseo por la selva,

¿sabes qué vi?
¿Sabes qué vi?

Parecía un león,

¡Grrr! ¡Grrr ¡Grrr

que venía hacia mí,
que venía hacia mí.

Cuando flotaba en el mar,
cuando flotaba en el mar,

¿sabes qué vi?
¿Sabes qué vi?

que venía hacia mí,
que venía hacia mí.

Mientras subía una montaña,
mientras subía una montaña,

¿sabes qué vi?
¿Sabes qué vi?

que venía hacia mí,
que venía hacia mí.

Mientras nadaba en el río,
mientras nadaba en el río,

¿sabes qué vi?
¿Sabes qué vi?

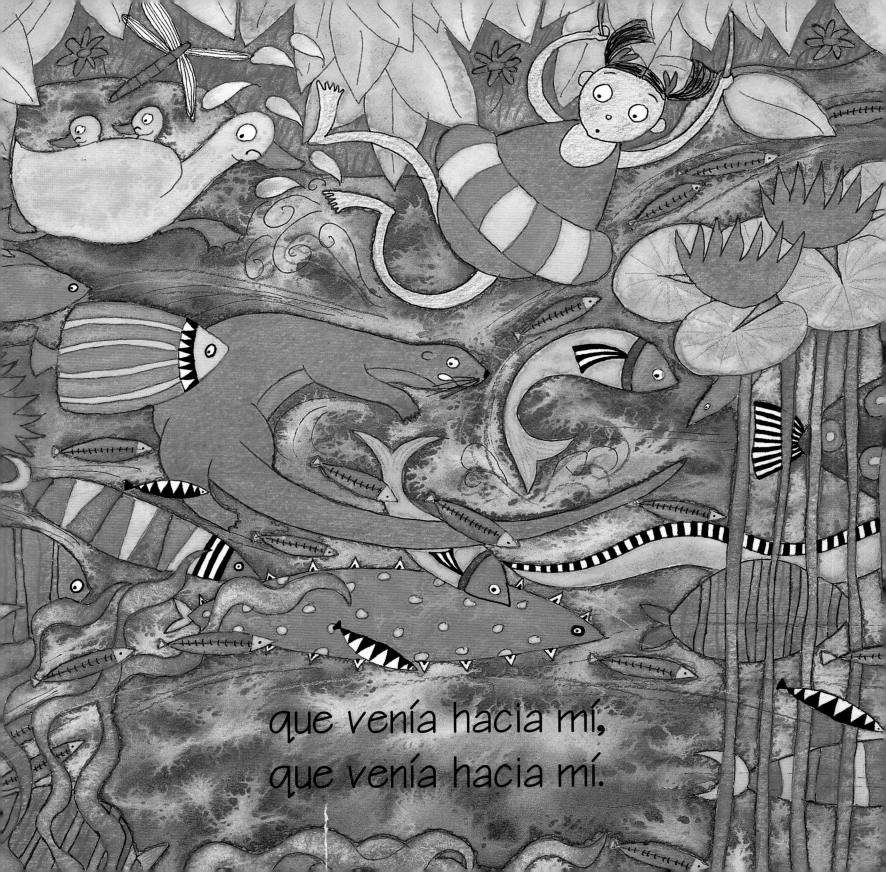

que venía hacia mí,
que venía hacia mí.

Cuando iba por el desierto,
cuando iba por el desierto,

¿sabes qué vi?
¿Sabes qué vi?

que venía hacia mí,
que venía hacia mí.

Mientras patinaba sobre el hielo,
mientras patinaba sobre el hielo,

¿sabes qué vi?
¿Sabes qué vi?

que venía hacia mí,
que venía hacia mí.

De regreso a casa,
de regreso a casa,

¿sabes a dónde fui?
¿Sabes a dónde fui?

Di la vuelta al mundo,
di la vuelta al mundo,

y adivina lo que vi,
y adivina lo que vi.